AF436541

EN EL LÍMITE DEL TIEMPO

poesía

EN EL LÍMITE DEL TIEMPO

poesía

MÁXIMO OLIVERA SUM

Máximo Olivera Sum

Nació en Tacuarembó, Uruguay, en 1978. Una vez finalizado el Bachillerato, en 1998 inició su carrera como Oficial de la Fuerza Aérea Uruguaya en la Escuela Militar de Aeronáutica, graduándose en 2001 como aviador. Ese mismo año contrajo matrimonio con Claudia. Tienen un hijo, Yohan.

Posteriormente, impartiría clases de Historia Nacional en la Escuela Técnica de Aeronáutica, de Sistemas del helicóptero UH-1H en el Escuadrón Aéreo N° 5 y de Juego de Guerra *'Fénix'* en la Escuela de Comando y Estado Mayor Aéreo. Es piloto de aeronaves de ala fija y helicópteros.

Como integrante de la Fuerza Aérea realizó los siguientes cursos: Investigación y prevención de accidentes, Formación de Instructor Académico, Curso Elemental y Básico de Comando brindados en la Escuela de Comando y Estado Mayor Aéreo, donde recibiría el premio al más alto promedio en el área cultural.

Recibió formación en implementación y certificación en la Norma de Control y Gestión de Calidad ISO 9001, por parte de especialistas del Laboratorio Tecnológico del Uruguay (LATU).

Concluyó, además, el Programa de Liderazgo Estratégico brindado en el Centro de Altos Estudios Nacionales del Ministerio de Defensa Nacional, impartido por integrantes del Centro de Liderazgo y Gestión de Defensa de la Academia de Defensa del

Reino Unido proveniente de la Universidad de Cranfield.

También aprobó el curso de Oficial de Estado Mayor Conjunto brindado en el Instituto Militar de Estudios Superiores del Ejército Nacional.

Participó del Curso Conjunto de Planificación de Campañas brindado en el Centro Conjunto para Operaciones de Paz de Chile, en Santiago de Chile, impartido por integrantes del Comando de las Fuerzas Conjuntas del Reino Unido.

Formó parte del taller de Administración brindado por el Instituto Universitario Aeronáutico en Córdoba, Argentina.

Obtuvo, a su vez, el título de Oficial de Estado Mayor brindado en la Escuela de Comando y Estado Mayor Aéreo.

Estudió Periodismo en el Instituto Profesional de Enseñanza Periodística.

Es investigador, además de poeta, cuentista, novelista y ensayista. Tras publicar su primera novela *Esteban, el Discípulo*, y luego de sacar a la luz dos libros de cuentos cortos titulados *Momentos* y *La Caramelera*, retomó su trabajo en el género novela con *Colonización de Marte*, para luego sacar su primer libro de poesía titulado *Amaneceres*. Posteriormente publicaría su obra enfocada en brindar orientación a aquellas personas que desean tener un matrimonio pleno, titulada *Un matrimonio saludable*. Ahora lanza su nuevo libro de poesía: *En el límite del tiempo*.

Para más información, contacte al autor a través de su casilla de correo electrónico: maxiolsum78@hotmail.com o visite su sitio web: https://youtubedateuntop4891.wordpress.com/

También puede encontrarlo en Amazon y Draft2Digital, mediante su amplia red de plataformas asociadas: Apple Books, Barnes & Noble, Rakuten Kobo, Everand, Smashwords, Tolino, OverDrive, Bibliotheca, Baker & Taylor, BorrowBox, Hoopla, Vivlio, Palace Marketplace, Odilo, Gardners y Fable.
Por intermedio de la plataforma de audiolibros Findaway Voices: Nook Audiobooks, Google Play, Kobo Walmart, Spotify, Libro.FM y Audiobooks.com.

A mis amigos.

PRÓLOGO

En este rincón silente repleto de palabras, donde el tiempo se desvanece y los suspiros se entrelazan, ha nacido parte de mi poesía. Entre ecos ancestrales que resuenan en el alma, susurros que nos invitan a explorar los misterios del universo y los abismos de nuestro ser, te comparto algo de lo que llevo dentro para que siempre puedas tenerlo contigo.

Este libro es una huida de las preocupaciones, es una travesía por un ámbito donde se entrelazan lo abstracto y lo tangible, lo real y lo ilusorio. Un paseo por los jardines de la melancolía, donde las hojas caen como versos y las sombras danzan al compás de los recuerdos. Aquí, las estrellas se desprenden de sus constelaciones y se posan en las páginas, creando constelaciones nuevas, secretas, pero al alcance de la mano.

Cada poema de esta obra es como una ventana abierta hacia lo inefable, un pasadizo oculto hacia tu propio interior reflejado en el mío. Un intento de atrapar la esencia de la lluvia, el aroma de los sueños, la textura de la añoranza. He buscado con ahínco que las palabras se deslicen con gracilidad como gotas de tinta sobre el papel, trazando senderos que nos lleven a lugares donde el tiempo se detiene y las emociones se vuelven eternas.

Así que, preciado lector, adéntrate en estas páginas con la curiosidad de un niño y la sensibilidad de un poeta. Deja que las metáforas te envuelvan como un abrazo cálido, y permite que los versos te lleven más allá de las palabras, hacia ese lugar donde la belleza y la tristeza se funden en un solo latido y los símbolos precipitan cual tenue lluvia de verano.

Bienvenido a este libro de poesía, donde se mezclan episodios de mi pasado, mi presente y mi futuro. Deseo que encuentres en él un cobijo, una luz en la penumbra, una letanía de emociones que te acompañe en tus días y sea tu confidente por las noches.

El autor.-

PREFACIO

En un mundo donde las palabras a menudo se utilizan para transmitir mera información con la frialdad de una campana retiñendo, la poesía nos invita a detenernos, a sentir la calidez de lo que no se ve, a escuchar el susurro de lo no dicho. Este libro es un viaje a través de emociones, paisajes internos y visiones que trascienden lo cotidiano. Aquí, cada poema es una ventana abierta a una parte del alma, una expresión sincera de lo que anida en lo más recóndito del ser, es una invitación a que te adentres en la intimidad del autor.

Escribir poesía es como pintar con palabras, donde cada verso y cada estrofa son pinceladas que crean una imagen completa. En estas páginas, encontrarás una mezcla de experiencias personales y observaciones universales, un diálogo entre el poeta y el lector que se desarrolla en el espacio interior y que trasciende distancias.

Este libro no es solo una colección de poemas; es un refugio, un espacio seguro donde puedes explorar tus propios sentimientos y pensamientos mediante el espejo que refleja el poeta. Te invito a leer con el corazón abierto, a dejarte llevar por el ritmo y la cadencia de las palabras, y a descubrir la belleza en cada metáfora y cada rima.

La poesía, en su esencia, es un arte que nos permite explorar las profundidades de nuestra existencia, donde lo más simple y lo más complejo se encuentran en un equilibrio perfecto. A través de cada poema, se ha intentado capturar momentos efímeros, sensaciones fugaces y pensamientos que resuenan en lo más profundo. Solo tienes que abrir tu corazón y dejar volar tu imaginación.

Las palabras, a veces, pueden parecer insuficientes para expresar la totalidad de una emoción, pero en su limitación, también radica su belleza. Es en los espacios entre las palabras, el lugar en que se cuela la mente perspicaz, donde encontramos el verdadero significado. Es allí, en los silencios y en las pausas donde se revela la auténtica poesía. Este libro es una invitación a abrazar esos espacios, a sentir el peso de cada palabra y a dejarse llevar por el flujo natural de los sentimientos que emergen de cada verso.

La poesía es un reflejo de la vida misma, con sus altos y bajos, sus momentos de claridad y de confusión. Aquí, en esta obra intento plasmar esa dualidad, explorando tanto la luz como la sombra, la alegría y la tristeza, el amor y el desencanto. Cada poema es una pieza de un rompecabezas más grande, una contribución a la vasta tapicería de experiencias humanas.

Finalmente, deseo que este libro sea un compañero en tus propios momentos de reflexión y contemplación. Que encuentres en estas páginas un espejo de tus propias vivencias y que, de alguna manera, estas palabras puedan tocar tu corazón y tu espíritu. La poesía es un viaje sin fin, y me siento honrado de que hayas elegido embarcarte en él conmigo.

Con profundo aprecio,

El autor.

Un poco de poesía
Para un mundo sombrío y triste.

Abriendo los ojos

En un solitario y yermo campo de batalla
Donde se lleva a cabo la más cruel y despiadada lucha,
Me hallo sentado en medio de una vastedad aterradora
Cuyo sosiego es poco y su incansable acechanza mucha.

Una miríada de resplandecientes brillos me rodea,
Quemando mi cuerpo y enceguecendo mis ojos,
Mientras las tinieblas son cada vez más profundas
Tanto que no déjanme ver la multitud de mis despojos.

Una tromba súbita hace volar mis sentidos
En tanto la infernal quietud mis miembros entumece.
El calor que carcome mi interior como el gusano
Se apaga al hielo que me cerca y me estremece.

Y aun el cielo se esconde
Y aun la luz me evade
Y no veo por dónde
La oscuridad me invade.

Pero sigo sin tregua peleando hasta el fin
Escuchando la abrumadora melodía que entona la agonía,
Al tiempo que el estruendo continuo del fragor de la lucha
Resquebraja hasta el corazón con angustiosa ironía.

El silencio absoluto asimismo sigue ocupándolo todo.
El campo de batalla extiéndese hasta los confines de la tierra
Mi asiento está sujeto a la nada y pende del vacío,
Un invisible enemigo su azuzada lanza en mi pecho entierra.

Los rapaces sobrevuelan mi evidente debilidad,
Mas yo no los veo cegado por los brillos fulgurantes
Y sin que me percate siquiera
Sufro sin sentirlos todos esos dolores lancinantes.

La oscuridad me ciñe con fuerza constrictora implacable
Soy derribado al suelo por feroces embestidas
Mas como en una pesadilla grotesca e infame
Inerme sigo andando sin dar cuenta de mis caídas.

Y contemplo desde abajo mi cuerpo sentado impávido
Con una expresión que linda entre nostalgia y tristeza inerte
Ora decepción, ora duda, mezcla de aflicción y angustia
Entrecrúzanse desazón y locura, entre la vida y la muerte.

Un enfurecido ataque del oponente
Me revuelca por el barro a voluntad,
Pero me inclino con mansedumbre
Hasta escurrirlo de mi humanidad.

El terreno se derrumba bajo mis pies,
Se desmoronan sueños, ilusiones y esperanza
Arrasados por un vendaval fétido y rezumante
Proveniente de más allá de lo que la vista alcanza.

Una frontera que supera la propia imaginación
Tan vasta que trasciende el entendimiento mismo
Algo que escapa a todo conocimiento humano
Y que de no evitarlo nos precipita al abismo.

Ya siento cómo una fuerza me empuja hacia el precipicio,
Un poder sobrenatural que no descansa hasta arrebatarme
Entonces logro por fin abrir mis adormecidos ojos
Para ver las ardientes fauces del averno listo a devorarme.

Mi crispada boca eleva un ardiente deseo
Revestido de humilde y reverente clamor
Y con él abandono todo lo que poseo
Para entregarme a Dios y su eterno amor.

Allí está Él

Sé que no es nada
Mi diario vivir,
Al exhibir
Lado a lado cada jornada.

El peso por momentos
Aplastante e insoportable,
Es liviano ante la incomparable
Multitud de tus tormentos.

En la agonía de mi flaqueza
He caído de rodillas vencido
Y aunque busqué solo un amigo
Viniste en pos de mí con presteza.

Mis ojos han visto muy pocas,
Pero ya tales sujeciones son suficientes,
Cuando allá abajo la terrible rompiente
Se estrella contra las rocas.

Antes de que sea tarde

Empápate en esta agua a raudales,
Bebe de ella todo cuanto quieras.
Antes que se secasen mis manantiales
Esperé que los percibieras.

Las nieves de los días
Todo lo irán marchitando
¡Oh! Primavera, tu algarabía
En negro ocaso se irá ocultando.

Dura tan poco la fruta fresca
Ofreciendo su dulzura sana.
Ya cae la flor ni bien florezca
Es que la tierra me reclama.

Disfrútame a cada instante
Sin perder el tiempo fugitivo.
Aprovecha el día de este sol radiante
Que la tierra siempre me ha perseguido.

Busca con sabiduría

No caigas en el grave error
De pretender la perfección
Pues no existe mortal alguno
Que pueda satisfacer tu pretensión.

No omitas un sentimiento
Ni rechaces un corazón con presteza,
Influenciada por la convicción
De encontrar una falsa belleza.

No te apartes a la ligera
Desperdiciando tal sentimiento,
Ya que podrías quedar agobiada
Por un inmenso arrepentimiento.

Despoja de tu mente
Las ingenuas ilusiones;
No es por ese camino
Que vienen las pasiones.

Esperando que baje a ti
Un ángel del cielo
Tu corazón ha de volverse
Una piedra de hielo.

Date cuenta que por buscar
A la persona ideal
Bien podrías dejar pasar
A tu amor real.

Se hallarán las oportunidades
Un día a tu puerta tocando,
Cuida de no desaprovecharlas
Por el molde que estás buscando.

Combate conmigo la desolación

No dejemos que las palabras se las lleve el viento;
No permitamos que las cosas bellas se extingan,
Pero si no lo logramos sabrá Dios de nuestro intento
Y quizás intervenga para que sobrevivan.

Por eso camina conmigo, tomada de mi mano,
Recorramos volando los jardines floridos del mundo;
Contémosles a los ángeles de este amor ufano
Para que ascienda al cielo y allá se conserve jocundo.

Acompáñame en un viaje por las estrellas.
Por la causa ven a mi lado, disfrutando lo que yo,
Tocando la naturaleza y descubriendo sus sorpresas;
Sintiendo la vida desde las arcanas eras en que estalló.

Aunque sé que lo mágico se está muriendo
Bebamos las maravillas de nuestro rededor,
Te invito a luchar juntos contra lo que está ocurriendo
Antes de que acabe por desaparecer el amor.

Concédeme

Concédeme tu piel
Y podré saber
Qué tipo de caricias
Debo hacer.

Concédeme de tu boca
El secreto sagrado
Que los poetas ansían
Y tú tienes guardado.

Concédeme tu cuerpo
Y de cierto podré hallar
El glorioso punto
Que te haría estallar.

Concédeme tus manos
Y podré sentirte,
Concédeme tus ojos
Y podré apreciarte.

Concédeme tus labios
Para que de ellos pueda beber
En mi viaje por tus desiertos
Y la sed no me haga padecer.

Concédeme tus pensamientos,
El misterio de conocerte,
Entonces lograré saborear
La ilusión de tenerte.

Concédeme tu sonrisa
E iluminaré la oscuridad
Para que andemos un sendero
En completa claridad.

Conociéndome

Frente a las hojas en blanco
Sin poder darles un contenido
Como recurso me arranco
De los recuerdos un gemido

De un sueño que tuve hace mucho
Todavía puedo ver un niño correr
Y si con gran atención escucho
Oiré también que comienza a llover.

Y si lo deseo hasta puedo sentir
Su mojado y agitado pecho temblar
Bajo el castigo de un escalofrío
Y el inclemente temor a sufrir

Ahora, embotados todos mis sentidos
Persigo al niño en su loca carrera
Pero no puedo darle alcance
Y quedan mis pensamientos aturdidos

Me da siempre la espalda
Y tan veloces sus pasos
Que me demanda gran esfuerzo
Incluso a imaginar sus rasgos.

Y estremeciéndome con sus miedos
Doliéndome todo cuanto le duele
Por fin le tomo de un hombro
Y al contemplarlo a gritar me impele

Sé que escapa tan aterrorizado
Porque quiere salir del cruel alcance
De la realidad, de la vida
Y entre las ilusiones se complace

¿Qué espejo tan horroroso
Es capaz de mostrar el erebo?
Pues en la perpetua causa de mi aflicción
Es mi propia persona lo que veo.

Cuando abrí mis ojos

Esta mañana cuando abrí mis ojos
Encima se me vino el mundo
Luego de un sueño tan profundo
En que complací todos mis antojos.

Al sentir la luz deslumbrante
Paralizándome los sentidos
Perdí los recuerdos vividos
Mareado en una angustia asfixiante.

Fue como despertar de un sueño
Para sumirme en una pesadilla
En la cual el terror acribilla
Y no puedo escapar por mucho empeño.

Enfrentando la diaria realidad
Perdí el instante que besaba tu boca,
Fue como estrellarme contra una roca
De abrumadora y letárgica fatalidad.

Cuando vuelva el paraíso

De la conciencia del hombre
Nacerá el verdadero paraíso,
Del corazón humano será,
De entre la maldad un intersticio

Cuando se doblegue el contumaz
Y el calor derrita el hielo de la mente
Y el frío entibie el fuego del alma,
Solo así y no antes se hará presente.

Volverá con una perfección esplendente,
Con la fuerza que todos creíamos perdida
Y en el momento que resurja imponente
Todos escucharemos los fuertes latidos de la vida.

Brotará lento, seguro, bellamente colorido
Pues todo se restaurará y será permanente,
Tal cual engalánase tras el invierno el campo florido,
Pero hasta entonces permanecerá latente.

Desde el principio

Tiene que venir desde el mismo principio
La fuerza que me da para continuar
Esperando en el mar de tus ojos
Sin desfallecer y sin naufragar.

Debe haber una razón que desconozco,
Una explicación que trascienda la realidad,
Para resolver este problema tan amargo
Que me hunde en la marginalidad.

Quizás encuentre la oportunidad
En la vasta eternidad futura,
Cuando se abran los libros
Y a toda herida se dé cura.

No importa qué caminos transite
Ni cuánta distancia haya recorrido,
Cada vez que mire a un costado
La esperanza buscará un sentido.

Desde las alturas

Ríos de fuego surcan las brumosas tinieblas,
Extrañas criaturas reptan resplandecientes en la negrura,
Intrincadas diademas brillan entre el lóbrego fango,
Mientras ángeles contemplan el amanecer en las alturas.

A la siniestra furioso y desahuciado grita a la cara,
En tanto a la diestra paciente susurra con bondad.
Rodeados por todos lados, por completo hundidos;
En el interior continúa viva la llama que da claridad.

Ese punto que a la pasada eternidad une la futura,
Envuelto en sutiles velos, arcanos e inexpugnables,
Sucumbe ante la prueba, pero la esperanza perdura.

Inmensas fuerzas se desatan en torno a la ignorancia.
En el Hades alzan unos sus ojos, estando en tormentos,
Viendo a los otros bajando en las nubes a la distancia.

Designios buscados

Salta mi corazón de un lado a otro
Menease con vehemencia sin decidirse,
Muévese como un indómito fuerte potro,
Discurre siempre para ocultar su encadenado rostro,
Huye de con algún amor tener que medirse.

Ocúltase bajo la piel fría y de piedra
O a veces contorneando fieles camuflajes,
Cubriendo lo que en la infancia fuera
Tierna niñez emanada en gran manera:
Gusano que castiga del arbusto su gran follaje.

¿Cómo puede el pavo real estar sin su plumaje?
¿Si careciera de él, todavía sería buen amante?
De seguro ya en la vida no tendría encaje
Y viviría errante o como un temible salvaje.
Así es también este anillo sin su diamante.

Por eso muéstrate duro y hermoso,
Y palpita y golpea mi sombrío corazón,
Ellos te creerán fascinante y asombroso
Y sin demostrarlo te apreciarán sabroso
Y no estarán lejos de tener razón.

Porque quizás así no eres enteramente,
Pero así quisiste obviamente aparentar
Y es así que de alguna forma está latente
En ti las ganas por disimular totalmente
Tu propia pero negada facultad de amar.

Después del desastre

Procuré una poesía llena de hermosura
Mas ahora es grotesca y deforme
Cual monstruo que debería estar muerto
Ya no puedo soñar,
Ya no puedo volar.
No hay lágrimas que rediman mi espíritu,
Tan sólo una mirada esquiva.
El caballero de la recia armadura,
Esplendente y santa armadura,
Se ha vuelto un enclenque pusilánime.
¡Oh! Atroz pecado la cobardía.
¿Cómo elevarse luego de haber zozobrado en el fango?
¿Cómo contener el universo desde el mismo infierno?
Debajo de una piel perfumada
Mi carne es consumida por gusanos;
Abrasa mi alma un fuego inextinguible.
Ya no río,
Ya no gozo.
No hay arrepentimiento que me rescate,
Tan sólo un laberinto oscuro e infinito.
Ansío la poesía en mí y sólo encuentro lamento.
Mis amaneceres carecen de esplendor.
Busco la luz luego de arrancarme los ojos.
¡Oh! Terrible talega el libre albedrío
¿Cómo encontrar la vida en la muerte?
¿Cómo hallar salvación estando maldito?

Desventaja

La vida no es fácil
Pero al final es bella
Y si te presenta querella
Mueve tu ficha más ágil.

Las situaciones no son iguales
Como no lo son las dificultades
Lucha contra las probabilidades
Pues tus fortalezas son más reales.

Cuando las lágrimas empañen
Tu capacidad de ver recuerda
Que aunque la ira tu alma muerda
No dejes que tu espíritu dañen.

Nuestra sabiduría es locura
Para juzgar la justicia
Disfruta de toda delicia
Probando antes cada amargura.

En el rincón oscuro de la partida,
Donde las cartas se reparten sin piedad,
Con su rostro marcado por la soledad
Se sienta a la mesa desprevenida.

Un juego desigual, sin reglas determinadas,
Donde el tiempo se inclina hacia el abismo,
Y las oportunidades parecen espejismos
Que se desvanecen sin ser alcanzadas.

La desventaja es un suspiro contenido,
Un verso truncado en medio del poema,
Un inocente que sufre la injusta condena
En un mundo indiferente y mezquino.

Pero no subestimes su poder silente,
Pues en su fragilidad se esconde la fuerza,
Resiliencia de quien lucha contra las cuerdas,
La esperanza del corazón latiente.

Así que por la desventaja brindemos,
Porque a su sombra los héroes se erigen,
Aquellos que encuentran su origen
Al hallar luz en los rincones más extremos.

De vuelta a la vida

Rescátame de este inmenso dolor,
Véndame con tus tersas manos el corazón
Y cura mis heridas mediante tus besos
Embriagándome de tu soporífera pasión.

Dame el abrigo de tu cuerpo
Amparándome entre tus brazos,
Bendiciéndome con tu arrullo
Repara mis sentidos hechos pedazos.

Necesito del bálsamo de tu voz
Para volver a escuchar esa melodía
Que los ángeles le cantan a Dios.

Bríndame amor aun siendo compasivo
Para poder volar de la noche al día
Y sentir que nuevamente estoy vivo.

El convenio

Hice convenio contigo
De que si perdonabas mis faltas
Me quitaras la luz de mis ojos
Para que cuando me la restituyas
Fueras tú a quien primero viera.

Alcancé a ver el borde de tu gloria
Me maravillé con un pequeño vestigio,
Ahora acepto andar a tientas
Hasta que vuelva a ver tu faz.

Cuando siga el camino de toda la tierra
Cierra mis ojos para que al despertar
Lo primero que vea sea mi Luz
Y pueda caer de rodillas para besar sus pies.

¿Qué estarías dispuesto a perder
Por saber que has sido perdonado?
¿No son los ojos la ventana del alma?
¿Quién no daría lo que posee por volver a ver?

Pues mi ojo me fue ocasión de caer
Y en piedra de tropiezo se convirtió.
Por el más alto amor preferí arrancarlo
Que perder el alma y ya no hallar la luz.

Has procurado obtener lo mejor de mí
Templándome en el horno de las tribulaciones
Y aún sacarás de este montón de barro
El más reluciente y fino oro de Ofir.

Nada poseo más que lo que tú me has dado
Pero lo poco que tengo te lo ofrendo.
Quita de mí esta afrenta y te seré fiel,
Ilumina mi camino con tu gracia.

No permitas que alce mis ojos estando en tormento,
Desata las ligaduras de muerte que me ciñen;
Tómame entre tus brazos pues muero de pena,
Escucha mi clamor, apiádate de mí, ¡oh, mi Dios!

Sólo estoy, bañado por mis lágrimas;
Soy un niño extraviado en un oscuro bosque.
¿Oirás mi llanto de horrible amargura?
Quebrantado está mi corazón y contrito mi espíritu.

Estremecimientos se apoderan de mi cuerpo,
Mi alma desfallece ahogada en remordimiento,
Tan grande es la tristeza que marchita mis ojos.
Se acaban mis fuerzas si permaneces en silencio.

Estoy deshaciéndome por dentro,
Sólo tú sabes el dolor que siento.
Y cuánto sufrimiento me atormenta.
Mi corazón magnifica tu santo nombre.

El instante

Cuando se abren las puertas del infierno
Y uno siente que se hunde,
Cuando al alma le llega el invierno
Y a los hielos se funde,
Un asqueroso hedor cunde
Hasta al gesto que simúlase más tierno.

Cuando la hecatombe surge
Y por los ojos desborda,
Cuando la palabra ruge
Y la compasión estorba,
Una fea apariencia nos aborda
Y se descubre la mucha mugre.

Cuando en el lodo los pies parecen
Hundirse como aplastando cabezas,
Cuando odio y rencor la razón enceguecen
El corazón se llena de asperezas,
Así en la tierra fértil las malezas
Y es el instante en que los hombres enloquecen.

El lejano fulgor

No sabía cuán alto me hallaba
Hasta que sufrí el golpe de la caída;
Jamás vi mi esperanza más perdida
Que cuando mi dolor lloraba.

Tan inmensa era la altura
Que mi derrumbe se multiplicó,
De tal manera que descendí yo
Casi tan hondo cual sepultura.

Y en lo profundo de mi amargura
Sólo hubo llanto y crujir de dientes.
Mi alma herida de culpas ardientes
Se retorcía en la espantosa negrura.

Toda la luz que había recibido
Hallábase distante como las estrellas
Y con lo poco que nos llega de ellas
Ya no hallamos el camino perdido.

No supe valorar todo cuanto tenía
Hasta contemplar tanta desolación
Ni he sufrido mayor desesperación
Que evocar la dicha que fuera mía.

El paraíso

Hoy en mi hijo contemplo la inocencia
Que poseía al nacer.
Ese maravilloso don con el cual dotaste
A todo tierno niño de pecho
Que comienza a crecer.

La más sencilla belleza que pueda existir,
La fragilidad inmensa del cristal más fino,
La ternura incomparable descendida del cielo,
Un ángel confiado amorosamente a nuestro cuidado;
Una gema preciosa, un don divino.

En mi matrimonio puedo ver el árbol
Cuyo fruto es el más precioso que pudiste darnos,
El cual sembraste aquí en este mundo,
Único medio por el que llegan a rebosar
Los sentimientos que nos impulsan a elevarnos.

Veo en este árbol la oportunidad de crecer,
De recoger el amor incondicional,
De atesorar la verdadera amistad;
De engendrar paciencia, ternura y comprensión
En un ambiente casi celestial.

En mi hogar siempre me detengo a observar
El pedacito de cielo que me tocó vivir,
Construido por el amor de nuestras manos
Y embellecido por sublimes sentimientos.
Si así es el paraíso no me importaría morir.

El paso de los años

La tierna sonrisa del principio
Más que oro fino brillaba,
Entonces nada amargaba
Lo que ahora es solo un ripio.

Se dibujaba reluciente y tersa
De espontánea candidez;
Fusión de primor y sencillez
Ajada con cada hora adversa.

La genuina y sincera alegría
Manando del alma cristalina,
Diluyóse entre riadas dañinas
Que calaron hasta la agonía.

Cicatrices de mil heridas
Que hoy se pueden ver;
Resultado de contender
Tantas batallas perdidas.

Otrora gestos de felicidad
Por ceños sombríos cesados,
Revelan tiempos pasados
Desangrados con crueldad.

En la lucha

Hay una lucha más feroz
Que un campo de batalla
Donde las bombas que estallan
No obedecen a ninguna voz.

En el diario vivir
Todo se torna despiadado
Y ya estando condenado
Más vale morir.

Bajo un acecho sin tregua,
Una persecución implacable,
Caemos en un escape interminable
Donde el fragor no mengua.

Cuánto desearíamos tener
Tan solo un poco de paz,
Sacudirnos el ave rapaz
Para conseguir renacer.

En tus ojos

Cuando miro en tus ojos
Un fulgor de esperanza surge en mí.
Es en el hermoso brillo de tu mirada
Que mi primer y gran amor conocí.

Cada vez que no hallo una respuesta
Busco desesperado en ellos una salida.
Me aferro a su ternura dulcemente
En un colosal intento por conservar la vida.

Sufriendo el presente abrumador,
Contemplo en la profundidad de su belleza
Para encontrar el recuerdo consolador

Que me arrebata una lágrima de alegría
Y me impele a realizar una promesa
Que quisiera cumplir, pero no sé si podría.

En verano

Las hojas iluminadas de los eucaliptos
No se irán jamás de mi mente,
Regalo hermoso de mi infancia
Que recordaré con alegría siempre.

El río que en verano nos mojaba,
Brindándonos gratuitamente su frescura
Y el aire que amable nos acariciaba
Junto a las frutas cediéndonos su dulzura.

Los ventanales abiertos de par en par
Y a toda marcha los ventiladores
No eran suficiente para mitigar
Períodos de mediodía tan abrasadores.

Quemaba mi cuerpo el calor
Pero era lindo sufrimiento.
Poder tirarse en el suelo desnudo
Y refrescarse libre en todo momento.

Epopeya de una ilusión

En las postrimerías de tan indulgente concurso
Mi mente ávido noche y día retuerzo,
Con la intención de escurrir el busilis de volar
Que es el motivo de éste, mi gran esfuerzo.

Y si llegare a ser el volitivo responsable
De tan inigualable como magistral creación,
No crean que es mi inventiva ni mucho menos,
Son de mi sueño las ansias de su realización.

No me sorprendería que aquende de mi revuelta alma
Se precipitara caudaloso un imponente río de maravilla,
Pues es más fuerte el deseo de ir al azul que el temor
A cruzar todo un mar de ignorancia estando en la orilla.

Es así que viendo manar poesía de mi pluma
Ante esta oportunidad tan generosa que bríndase,
Desgarraré aún mi corazón sobre la hoja
Para asegurar que mi felicidad cúmplase.

Velaré intranquilo, contemplarán mi afano
En pos de conseguir este porfiado anhelo
Y dejando alucinado y dormido que corra la tinta
Así rivalizaré con el dulce fruto de mi desvelo.

Sé que si el destino o Dios así lo quisieran
A mis segadores derribaría con un solo garabato,
Pero es que la aflicción mía de otra posibilidad
Hace que el precio de conseguirlo no sea tan barato.

Entonces por las razones tan sublimes que he justificado
Pondré todo de mí por elevar mi ser a la gloria,
A la par de abandonar por fin este suelo tan hollado
He aquí que de mí para ti labro esta historia.

Un joven que de ser nada pasó a ser,
Siguiendo sus sueños con férrea terquedad,
Centinela del éter pues había venido en dar
En los anales de la disciplina y la verdad.

Tras el rastro caliente de sus aspiraciones
Al cabo halló en un par de alas esplendente oro
Y fue lo más precioso que creyó encontraría
Hasta que en adquirir rectitud vio mayor tesoro.

Con el paso del tiempo
Fue dándose cuenta
Que su atinado movimiento
Y la suerte atenta

Fueron los activos responsables
De que accediera a esas riquezas,
De recursos tan inacabables,
Repletas de simples bellezas.

Y aprendió a apreciarlas con fervor
Y a poner todo el empeño por retenerlas
Hasta que llegó un día en que el deber
Lo hizo peligrar todo, obligándolo a perderlas.

El compromiso de defender lo suyo
Lo llevó a hacer de lo que su sueño fuera
Un motivo de contienda, de muerte
Y así temerario se entregó a la guerra.

Entonces en la inmensidad de las alturas,
Cumpliendo con lo que pareciera un favor,
Forzado por ocasiones extremas a cometer locuras,
Con gran magnificencia obtuvo ilimitado honor.

Diligente y perfecto surcó el mismísimo vacío
Empero de súbito de entre las nubes otro apareció
Y tomando por sorpresa y fatalmente su vida,
De nada sirvió todo el valor que en él se apreció.

Hoy derraman su llanto sobre el lóbrego cajón
Mucha gente que con sus flores lo embellecen
Y si bien lamentan atrozmente su pérdida
También son lágrimas que de él se enorgullecen.

¡Qué dichosa fortuna la suya!
Por siempre ligado a la victoria,
Pues sin que nadie jamás lo destruya
Muere, pero vivo en la pura gloria.

Eres

Hermosa,
Como solo tu rostro puede serlo
Cuando en él se dibuja una sonrisa.
Como tus pies cuando se dan prisa
Y yo muero por verlo.

Como la rosa encendida del amanecer
Que en tu pupila brillante se refleja,
A una cascada oculta en el bosque se asemeja
Cuando al verla todo parece desaparecer.

Preciosa,
Como el aire que ávido respiro
Recordando el don de estar vivo
Al sentir tu perfume exclusivo
Mezclado a tu alma que admiro.

Como la fuerza que impulsa a mi corazón latir
Tu voz, tu calidez, tu presencia.
¿Podría una flor vivir sin agua, su esencia?
Tanto así te necesito para poder seguir.

Graciosa,
Como una niña que juega desinhibida
Irradiando un candor inexplicable.
Como tu personalidad tan agradable
Que llegó a ser una bendición en mi vida.

Como verte a solas, por completo desprevenida,
Contemplando la delicadeza de tu juventud,
Rodeada de pureza y encanto; de cabal virtud,
Grandiosa dádiva de Dios que creíase perdida.

Tierna,
Como tus besos de deliciosa dulzura
Llegando a mí en raudales de cariño,
Como la boca colmada de rezos de un niño
Gema que en Dios por siempre perdura.

Como cuando me duermen tus manos suaves
Susurrando una silenciosa canción,
Que derrama su más sincera intención
Recorriendo mi piel como al cielo las aves.

Inocente,
Como tu sorpresa ante la vida
Reflejada en una mirada apacible,
Bellos ojos de expresión irresistible
Que dejan mi persona conmovida.

Como un capullo que se abre al mundo
Desplegando todo su magnífico esplendor,
Para descubrir tanto placer como dolor
En un paisaje ora manso, ora iracundo.

Divina,
Como tu cabello azabache suelto
Ondeando con cada caricia del viento,
Como tu cuerpo en pleno movimiento
Que bajo tu vestido se deja ver esbelto.

Como tu sensible piel que vibra con tan solo un roce
Sintiendo profundamente cada íntimo contacto
Y es por la noche que se realiza un nuevo pacto
Cuando en la oscuridad mi espíritu al tuyo reconoce.

Esperaré por ti

Siempre voy a esperar por ti
Aun cuando lo logre o fracase.
Voy a hacerme a un lado del camino
A sentarme hasta que todo pase.

Voy a esperar hasta que comprendas
Toda la magnitud de mi amor por ti,
Haciendo todo lo posible por demostrarte
Lo que siento desde la primera vez que te vi.

Puedes elegir lo peor del pasado
Para condenarme despreciando mi poesía
O preferir el dulce fruto de nuestro amor
Y disfrutarlo al compartirlo cada día.

Cuidaste tanto de la hierba del campo
Tus contorneadas praderas fue lo más estimado
Y ahora que una flor de ella ha nacido
¿qué cabida tengo en un espacio colmado?

Esperaré aletargado que vuelvas a mí,
Recuerda que de alguna manera cierta vez
Fuiste mía hasta el límite de llegar a ser uno
Viéndonos así hasta alcanzar y pasar la vejez.

Esperaré porque a parte de tu amor
Nada tengo para esperar,
Esperaré con una anhelosa esperanza
De poder la felicidad recuperar.

Cuando comienza a desistir la claridad
Y en las tinieblas poco a poco perece,
Muriendo ahogado en su propia sangre
El sol a lo lejos se desvanece.

Hundiéndose en lenta, agónica lucha,
Moribundo lanza los últimos resplandores
Debilitado por la tristeza, pero deseoso de vivir,
Sucumbe al dolor, pero renace en los albores.

Cuando el olvido descubre su terrible velo
En el momento que una lágrima se derrama
Y la memoria evoca las alegrías del ayer
Para que corramos junto a quien se ama.

Estelar

A veces me pongo a contemplar las estrellas
Y recuerdo la lozana y auténtica ficción.
Entonces pienso: ¿cuántas cosas tan bellas
Podemos crear con un poco de imaginación?

Un río de galaxias precipítase por el cielo
Mojando la eternidad tan negra y vacía
Y los cometas rayan con su largo y rubio pelo
Los terráqueos papiros colmándolos de poesía.

Miríadas de chispas en la lejanía infinita
Enciéndense cual destello en la pupila atónita
Para en la memoria dejarlo guardado.

He aquí que queda por demostrado
Que en todos los casos y sin excepción,
La realidad supera ampliamente la ficción.

Estelar II

En el olimpo del universo estelar
Estacionamos nuestros ojos deslumbrados
Y en el joyero de nuestras mentes
Dejamos los preciosos centelleos atesorados.

Anonadado frente a la potencia de un cuásar
O enloquecido ante el esplendor de una galaxia,
El hombre irrisorio, desde tiempos inmemoriales,
Ha obrado consecuente con la belleza y su falacia.

Es que tan fantástico resulta en ocasiones
La manifestación del factótum celestial
Que el alma se conmueve ante tales eclosiones.

Y no consigue resistir a su influjo descomunal
Entonces provoca en el cuerpo, exiguo de fulgores,
Como el calor al hierro, una impresión sin igual.

Estelar III

La cofradía opulenta de las altas negruras
Adornan la tenebrosa pero elegante oscuridad
Y bordándole fulgurantes encajes en sus vestiduras
Cuaja de claridades su pletórica eternidad.

Tan innúmeras las deidades etéreas
Que nos hacen aferrar con fundamento
A la verdad categórica de existencias foráneas
Y no suponerla el resultado de un invento.

Una comunidad sublime como no hay otra
Tan vasta, grandiosa, hermosa, divina
Como el sempiterno cosmos en que se empotra.

Considerando el colosal espacio que nos supedita
¿Cómo es posible que el hombre ante lo que ni imagina
Pueda pretender ser el único que le habita?

Extraviado

Me hallaba andando mil caminos,
Cuales más oscuros y tenebrosos,
Con rumbos inciertos, a pasos perdidos
Derivaba por sitios siempre escabrosos.

Tropezaba sin cesar hasta caer por el suelo;
No conseguía tomar decisiones pues nada veía,
Tan solo vivía un continuo y peligroso duelo
Que me encausaba a la derrota y siempre perdía.

Los horizontes no se mostraban al amanecer;
Un tenue rayo de luz muy lejano me recordaba
Que habían desaparecido en un triste atardecer.

Perdido entre sensaciones, rodeado de situaciones,
Que hirieron mi espíritu hasta ver que capitulaba,
Entregando su cetro eterno ante meras ilusiones.

Estos son mis dominios

No puedes jugar mi juego
Porque no vivo un sueño,
Yo modelo la realidad
Y del dolor soy dueño.

Ríes de mis palabras
Creyendo sopesar mi corazón.
Yo no río pues para mí es claro
Que estás en una oscura ilusión.

Parece fácil vencer la confusión
Cuando uno cree yacer en brazos
Del que consideramos nuestro ángel,
Mas no son caricias sino lazos.

Y cuando te ciña con fuerza
Y sientas cual sustento de un báculo
Nunca habrías siquiera de sospechar
Que no es amparo sino un tentáculo.

Ten cuidado de engañarte
Por admirar tan solo una figura,
Pues contemplando dentro del espejo
Verás a la horrible criatura.

Felicidad o placer

Un antiguo oportunista en medio de la feria
Se dedica a inventar viejos y nuevos placeres;
Atavía sus artificios con brillantes colores
Colgados de cintas de oropel entre sus enseres.

Y las multitudes con frenesí poseso
Se destrozan por adquirir sus suntuosas fruslerías,
En tanto que el tirano reparte a manos llenas,
Pues hay suficiente para todos en sus amplias galerías.

Cada uno ufano corre con su llamativo envoltorio,
Precipitándose a incursionar en su contenido
Y esperando hallar dulce y fragante felicidad,
Un amoratado placer descubre arrepentido.

Así es la más desenfrenada de las carreras
Hacia las sensaciones excitantes que solo decepcionan;
Tiempos de falsificaciones, época de adulteraciones;
Viles imitaciones que de modo atractivo se promocionan.

El oro de la felicidad es genuinamente valioso,
Solo se obtiene con sacrificio y al más alto precio.
Mientras el dorado placer se corroe, volviéndose nocivo
Para concluir en las ávidas manos del necio.

La felicidad es diamante legítimo
Que brilla inconfundible con su luz interior,
Mas el placer es la burda imitación
Que solo se enciende bajo el cincel del tallador.

La felicidad deja en perfecto equilibrio
El vínculo entre el cuerpo, el espíritu y la mente,
Mas si el placer es mezquino y egoísta el mediador,
Todo tambalea en el remordimiento consecuente.

La felicidad es cual resistente rubí
Tan rojo como la sangre del corazón.
El placer es como un vidrio teñido,
Sin belleza tras su quebradizo caparazón.

La felicidad carga en sus alforjas perpetuas
Lágrimas que nacen del amor y profunda emoción,
Mas el placer con toda su lascivia y erotismo
No deja más que amargura, pesar y contrición.

La felicidad se arraiga en el recuerdo,
Floreciendo cada vez con mayor alegría,
Pero el placer se desvanece y no permanece,
Dura un breve instante y se torna alegoría.

La felicidad verdadera prevalece
Y llega a convertirse en fuerza vital.
El placer nos aletarga para luego
Escabullirse por los recodos de lo mundanal.

La felicidad proviene de las fuentes de la vida
De donde podemos beber para crecer y enaltecernos,
El placer es aquel peligroso estimulante
Que nos eleva para luego hasta la ruina descendernos.

La felicidad no se escapa como un ladrón
Ni castiga por otorgar un hermoso momento,
Sino que con cada dádiva promete una mayor,

Cumpliendo con creces la aspiración del sentimiento.

¿Quién podrá discernir entre el éxito o el fracaso?
¿Quién distinguirá lo bueno de lo malo y sabrá qué hacer?
Pues siempre habrá quien busque el placer en la felicidad,
Así como aquel que busque la felicidad en el placer.

Felino

Es su continua y eterna elegancia,
La sutilidad en cada movimiento
Que parece desdeñar el suelo al flotar,
pero sin tocar el aire, sumido hacia dentro.

O tal vez cuando clava sus zarpas
Despreocupado en la dura cáscara
Trepando cual vívido rayo invertido
Y asimismo sin nunca perder la línea.

Imprimiendo, en indeleble escena,
De súbito, para algún ojo afortunado,
Mágica velocidad, pero muy parco
Al no tener solución su camino.

Lo verás como yo elegir siempre la ruta
Más accesible y de menos riesgo,
A pesar de ser un auténtico acróbata,
Por llevar en su naturaleza ser holgazán.

Pero nadie tan lejos de ser indolente.
Sus reflejos y emociones en apariencia apagados
Solo cubren eficazmente al ser cauto
Que consigue lo que quiere obrando a voluntad.

Y se confirma lo que he percibido
Al notar con asombro que cuando duerme
En pleno solaz calcula, con todo bajo control,
Observándote con sus ignitos ojos entornados.

O quizá me produzca tan tremenda admiración
Esa profundidad insondable de sus nerviosos ojos
Que en cortos pero copiosos instantes de concentración
Muestran claramente sus instintos tan fogosos.

Todo esto me ha llevado a fraguar
Merecidos reconocimientos, mélicos honores
A ese espléndido y magnífico animal
Que en mi lánguido ánimo despierta pasiones.

Humildad

En un mundo plagado de arrogancia y orgullo,
La humildad emerge como un regalo valioso.
Ella camina con dignidad y sin alarde,
Un faro de luz en un mundo tenebroso.

La humildad es como una suave brisa,
Que acaricia nuestras almas con ternura.
No busca el reconocimiento ni la fama,
Sino que comparte sin esperar nada a cambio.

Es un río sereno, que fluye sin hacer ruido,
Limpio de pretensiones y de cualquier altercado.
Se nutre de la modestia y la empatía,
Y despliega sus alas en cada nuevo día.

La humildad reside en aquellos que saben,
Que la grandeza no se mide por lo que tienen,
Sino por lo que dan y cómo se entregan,
En acciones sinceras que al corazón llegan.

En las palabras sencillas que consuelo brindan,
En las manos tendidas que esperanza avivan,
En la sonrisa humilde que alienta y motiva,
La humildad se revela como virtud activa.

Que aprendamos, pues, a cultivar la humildad,
A dejar de lado la soberbia y la vanidad,
Abracemos la sencillez y la generosidad,
Y cambiemos el mundo con amor y bondad.

Intangible desviación

Hay veces que un error se perpetúa
Floreciendo en inconsciente convencimiento,
Que abreva en una equivocación ignorada
O una verdad que de tan dura se niega.

Creerán deseando creer o con toda naturalidad,
Persuadidos por falsas nociones de la realidad,
Sopesando incoherencias cual difíciles decisiones,
Eligiendo caminos de incomprensible opción.

Deambulan en la más sórdida incongruencia
Reaccionando inefables ante otras perspectivas.
Y así aceptan gustosos formas tan descabelladas
Marchando poseídos de un sonambulezco sueño.

Hay gente que ciega o cegada
Deja caer una vida por el precipicio.
Caminan apoyados en el vacío imperceptible,
Paso a paso descendiendo a lo profundo del abismo.

Ignorancia

En sombras de saber ausente,
La ignorancia teje su manto
Con hilos de un sueño distante,
Nos envuelve en su desencanto.

Oculta tras su máscara muda,
La verdad se escapa en susurros.
La comprensión llena de duda,
Aprisiona en laberintos oscuros.

Mente sellada, sombría prisión,
Donde la verdad se evade.
Entre ecos de confusión
La luz del saber no cabe.

En el suelo de la mente inerte,
Las semillas del saber no germinan,
Y la sabiduría queda estancada,
En aguas turbias que contaminan.

Retiñen perplejidades no sembradas,
En un jardín tan estéril como frío,
Donde las preguntas son calladas,
Y el pensamiento permanece vacío

El temor a lo desconocido,
Es la raíz de la ignorancia,
Rechazo a un mundo encendido,
Por la llama de la sabiduría y su danza.

Pero hay esperanza en la oscuridad,
Al desear ver más allá del ostracismo,
En la chispa que enciende la curiosidad
Y rompe el ciclo del oscurantismo.

No es la ignorancia destino ni acierto,
Es una sombra que podemos iluminar
Con la antorcha del conocimiento,
Con cada pregunta que permita avanzar.

Encendiendo un rayo en la negrura,
Incipiente brillo en la curiosidad,
Caerán las cadenas de la locura,
Abriéndose la puerta a la verdad.

Integridad

En cada paso, en cada decisión,
La integridad es nuestra guía.
Es el faro que ilumina el camino,
La brújula que nunca se desvía.

Es decir la verdad, sin doblez,
Aunque duela o cueste enfrentar.
Es ser fiel a nuestros valores,
Sin importar lo que pueda pasar.

La integridad es como un diamante,
Resistente y transparente en su esencia.
No se quiebra ante la adversidad,
Un fiel reflejo de la verdadera conciencia.

Así que cuidemos nuestra integridad,
Como un tesoro que no tiene precio.
Porque en ella reside nuestra fortaleza,
Y nos guía hacia un camino propicio.

La esperanza

En el jardín de sueños florece,
La esperanza, dulce y resiliente.
Como un rayo de sol que no envejece,
Ilumina los senderos de la mente.

Es la brújula en noches oscuras,
La vela que guía en las tinieblas.
Sus alas son suaves, como plumas,
Su voz susurra: "Atraviesa la niebla".

La esperanza es un río que fluye,
Navegando entre rocas y desvelos.
No se rinde ante el tiempo ni la lluvia,
Siempre busca nuevos destinos y anhelos.

En los corazones cansados y heridos,
La esperanza es un bálsamo divino.
Renueva la fe, sana los olvidos,
Y nos invita a seguir el camino.

Así que abracemos este regalo etéreo,
Cultivemos la esperanza con ternura.
En cada amanecer, en cada misterio,
Nos susurra: "La vida es una aventura".

La deuda

Quisiera no deberte tanto,
Saldar el inmenso precio,
Así tu ahogado desprecio
No sea la causa de mi llanto.

Cómo pagar deuda tan grande
Tras haberme tornado tan pobre
Si antes de que las fuerzas recobre
Un frío vacío en mí se expande.

¡Oh! Si pudiera entregarte todo
Y así tus demandas satisfacer.
¿Sólo dime qué debo hacer?
Pues mis intentos no hallan el modo.

Dilapidé todo mi valioso tesoro
Y ahora que nada poseo
Es cuando más deseo
Recobrar tu corazón de genuino oro.

Invertiré mi vida, la eternidad entera
Y no importa cuánto tenga que ahondar
Para de tu espíritu volver a recuperar
Aquel diamante que otrora me perteneciera.

La luz al final del túnel

He pasado las noches más oscuras
Sufriendo la angustia del fracaso,
Padeciendo en la más triste soledad
Pero aún me arrastro hasta el fin.

Probé la amargura de perderlo todo
Después de dar un paso al abismo
Y resignado a la miseria inevitable
Me hundí en el vacío de mi espíritu.

No tuve consuelo ni amparo
Ni hubo quien me ayudara
Cuando la pena fue insoportable,
Pero puedo gritar mi agonía.

Las espinas me arrancaron la piel
E imploré con mi corazón partido,
Llorando los despojos de mi alma
Pero sobreviví la hora más atroz.

Comprendí la herida del calvario;
Cada instante fue una eternidad;
Lágrimas como gotas de sangre
Mitigaron el terrible tormento.

Estuve cara a cara con el diablo
Y vi el infierno desde su umbral;
Resistí el dolor de la muerte
Mas no ceso de buscar la vida.

Contemplé mi caída andando perdido;
Enloquecí bajo el peso de mi conciencia;
Experimenté el ardor de las tinieblas
Pero voy hacia la luz al final del túnel.

Supe lo que es ser un miserable,
La peor escoria en este mundo
Y aunque fui un infame traidor
Ahora me aferro al arrepentimiento.

Supe enlutar el dorado pasado
Y teñir de carmesí el presente,
Para destrozar todo un futuro
No obstante, sigo avanzando.

La muerte de un poeta

Cuando un poeta pierde sus alas
Y cae de su mundo abstracto
Que está a un paso del cielo,
Se desintegra y desaparece ipso facto.

Cuando está cansado ya de escribir
Sobre las estrellas y la arena de la playa,
Ni siquiera él mismo sabe bien
En qué miserable agujero se haya.

Cuando ya se encuentra exhausto
De narrar los prodigios de la naturaleza
Es que ha perdido su motivo de vida,
Su espíritu de lucha para bajar la cabeza.

Cuando ya se cansó de inspirarse
En la luna para crear versos de amor,
Se degrada al terrible punto
De encontrar la paz solo en el dolor.

Un poeta cansado de cantarle
A su inalcanzable y cautivante musa,
Se pierde por los callejones del silencio
Con la muerte como única excusa.

Para un poeta que ya no escribe
El laberinto pierde toda salida,
La luz se torna oscuridad total
Y ya nada tiene por hacer en la vida.

Cuando un poeta está vencido
Es cuando se ha cansado de escribir.
Un poeta que ya no recrea sueños
Es un poeta ya cansado de vivir.

La muerte de un idilio

La melancolía que roe el corazón
Bajo un plomizo cielo que se desploma;
Las lágrimas me empañan la visión
Y el alma un triste miserere entona.

Los recuerdos fluyen por mi mente
Deambulando tan caros como obstinados;
Una desolación invade permanente
Ante el día gris y los tiempos pasados.

El viento fustiga la arboleda
Y se lleva las hojas marrones;
Me quedo mirando lo que queda
Y solo fantasmas veo por montones.

En medio de ese desierto de espectros,
Por la inercia de las masas animados,
De sus sepulturas arráncanse como muertos
Para ir do el ruido y los estados alterados,

Me mantengo inmóvil, viéndolos pasar;
En los labios un abominable eufemismo
Que saluda cordial empero desea matar
En una brutal afección de paroxismo.

Se dibuja aún en los recodos de mi razón
La panacea de su sonrisa inmaculada
Que agrieta la mía en inmensa desazón
Al imaginarla por las tentaciones acosada.

A una distancia que no alcanza mi amor
Pierdo, como si fuera mi sangre, las esperanzas,
Pues ella ya no siente en la lejanía mi clamor
Ni mucho menos pueden interesarle mis alabanzas.

En consecuencia, ante aquella mortecina ilusión
Abro mis venas y de mi sangre dejo un reguero.
Entonces, contemplando el óbito de una pasión,
Hundido en mis felices memorias también muero.

La tristeza de estar sin ti

Un balcón que se extiende hasta el infinito,
Un cielo que me invita a volar,
Un espíritu que se precipita intrépidamente.
Y ¿qué me queda? La tristeza de estar sin ti.

El silencio se convierte en locura para mí,
La luz me deja ver toda mi miseria
Y la oscuridad me duele hasta lo más hondo,
Recordándome la tristeza de estar sin ti.

Voces ajenas a mi intenso sufrimiento
Me alientan a arrojarme al vacío.
Juro que cualquier cosa es preferible
A la insoportable tristeza de estar sin ti.

Ojalá se detuviera el mundo por un instante
A escuchar toda mi amarga desesperación.
Ojalá pudiera morir o tan siquiera vivir
Sin la inmensa tristeza de estar sin ti.

Extrañas fuerzas impulsan mi inerte humanidad,
Poderes escalofriantes sacuden mi pasmosa inercia.
Un fuego me consume desde lo más íntimo,
Pero nada me arranca de la tristeza de estar sin ti.

Cierro mis ojos en un último intento
Por escapar de la agonía que me acecha.
¡Oh, mi amor, si supieras que nada me quita
La terrible tristeza de estar sin ti!

La roca cortada del monte, no con mano

Una obra maravillosa y un prodigio,
Una hazaña inconcebible por el ser humano.
Una labor que trasciende el tiempo y las fronteras,
Una proeza ajena a la capacidad del hombre.

Viendo toda su belleza y su gloria
Se descubre el brazo de la divinidad.
Las gotas comenzaron a caer en el desierto
Hasta convertirlo en un río caudaloso.

¿Quién podría haber concebido tal magnificencia?
Nadie imaginaría que la luz naciera en las tinieblas
Hasta convertirse en resplandeciente mediodía.
La vara seca ha florecido graciosamente.

No hay quién se oponga o contenga.
Los ángeles han surcado el cielo
Llevando consigo el evangelio sempiterno.
La verdad está siendo proclamada
a los cuatro cabos de la tierra.

Atónito contemplo la vastedad de la huella,
Llenándome de asombro ante tanto poder
Y con humilde reverencia agradezco
Por el privilegio de formar parte de ello.

Al echar un somero vistazo
Pronto comprendí que era grande.
Noté una obra importante, portentosa
Y que debía esforzarme por dar la talla.

Debía trabajar arduamente para estar a la par,
Pero cuanto más abría mis ojos
Más entendía que contribuía con un grano de arena
Entre todos los mares.

Una empresa poderosa, a nivel global.
Una ola incontenible que inunda el mundo.
Un enorme reguero de semillas
Que brotan como en primavera.

He tenido el honor de ser partícipe
Y también de contemplar admirado
La roca cortada del monte, no con mano,
Cómo rueda hasta llenar toda la tierra.

Manantial de agua viva

Eterno y bullente manantial de aguas vivas,
Como agua de riego has sido para mi alma reseca.
Has descendido cual cálida lluvia de paz,
Destilado como rocío de esperanza sobre mí vida.

Tu palabra que es viva y poderosa,
Más cortante que una espada de dos filos,
Que penetra hasta partir coyunturas y tuétanos,
Me llevará de vuelta a tu presencia gloriosa.

No hay quien conozca mis pensamientos
Y las intenciones de mi corazón sino Tú.
Aunque me oculte en un lugar recóndito
Hasta allí tu potente ojo me alcanzará.

Eres aquel que vino a los suyos,
Y los suyos no te recibieron.
Eres la luz que brilla en las tinieblas,
Y las tinieblas no la comprenden.

Has hablado paz a mi mente,
Y este es el mayor testimonio que puedo tener.
Elevaré hacia ti todo pensamiento;
No dudaré; no temeré, edificado sobre tu roca.

¿Quién toca mi corazón como tú lo haces?
¿Y quién hace estremecer mi espíritu como tú?
Desde que te conocí nadie es digno de admiración.
Tus pasos tan ejemplares como difíciles de emular.

Has dejado huellas por los siglos de los siglos,
El único Dios que ha caminado sobre esta Tierra.
La mismísima Luz brillando en medio de las tinieblas.
De tu fuente de vida quiero beber por siempre.

¿Quién tiene poder para sanar y perdonar?
¿Quién como tú entre todos y cada uno?
Mi ser todo se inclina en humilde reverencia
Pero mi carne brega contra tu espíritu.

Daría todo lo que tengo por conocer a mi Salvador
Pero quien soy yo para aun besarte los pies.
Ni aun soy digno de desatar la correa de su sandalia;
Traidor persistente, deudor eterno.

Mi alma se embriaga en la dulzura de tus aromas.
Tus tiernos sonidos arrullan mi espíritu.
Tu palabra sabe mejor en mi boca
Que un licuado de frutas tropicales.

Cuando la suave brisa acaricia mi piel
Es como si contestaras mis plegarias,
Posando tu mano sobre mi cabeza
En la más suprema de las ordenanzas.

Y como el viento que se manifiesta silbando
En el movimiento de las hojas, pero no se ve
Así eres tú, te siento, sé que estás allí,
Junto a mí siempre, pero no puedo contemplarte.

Puedo ver tu firma indeleble
En la belleza del amanecer,
Veo tu grandeza en todas las cosas,
Pues la creación testifica de su Hacedor.

Me maravillo en las estrellas
Que de forma inigualable tú creaste
Y afirmo mi pie en este mundo
Que tú nos diste para tus propósitos.

No hay nada que no obedezca tu voz,
Todo se inclina en reverente alabanza
Salvo tu obra cúlmine, aquel que lleva tu imagen,
Ha decidido no seguir tus pasos gloriosos.

¡Pobre del que elige errónea e imprudentemente!
¡Oh Dios, grande eres tú por toda la eternidad!
Continuarás siendo Dios no obstante el hombre
Decida andar por tus caminos o el suyo propio.

¿Me consolarás tú, oh hombre, que desfalleces?
¿Quién podrá darme alegría verdadera y duradera?
¿Me fortalecerás cuando tus propias rodillas tiemblan?
¿Qué consejo tienes cuando vives en error?

Ciertamente escucharé Su consejo sabio
Sus labios son prudentes, Su lengua justa;
Su visión tiene perspectiva eterna;
Su juicio no se tambalea ni difiere.

¿Tienes tú, oh hombre, felicidad en tu seno?
¿Podrás darme vida cuando me falte?
¿Me sanarás cuando esté enfermo?
¿Eres poderoso para perdonar y salvar?

Sin dudarlo me postraré a Sus pies
Y sólo alabaré a Aquel que es digno de alabanza;
Quien es mi Creador, mi Fortaleza y mi Dios,
Aquel que dio su vida por mí, mi amigo fiel.

¿Confiaré en ti, oh hombre, tan presto a traicionar?
¿Me seducirán tus halagos llenos de mentira?
¿Buscaré ganar la aprobación de iguales a mí?
Por seguro me perdería entre sus fétidas tinieblas.

Nadaré con todas mis fuerzas hacia mi faro
Aunque arrecie la tormenta y me cubran las olas.
Mi único objetivo en la vida será hacer Tu voluntad
Y el deseo de mi corazón agradarte y complacerte.

Marcha

En la larga fila
Del destino de las almas
Hay quien ha intentado huir
Clavada la pupila
En espejismos y fantasmas
Ansiosos por morir.

Y entre la vida y la muerte
Sin conocer la diferencia
El bien tira de un lado
Y del otro el mal lo hace más fuerte
Y sin oponer resistencia
Voy yendo presto y callado.

Todos pueden hacer su elección
Expeditos a muerte segunda
O a esperanza y vida eterna.
Cuánto he buscado otra opción
Pero la respuesta fue rotunda,
Sea versión antigua o moderna.

Si hay oscuridad no hay luz
Y si hay luz no hay oscuridad.
Aunque entre confusiones se oculte
No importa lo pesada que sea la cruz.
Habrá que atravesar la única realidad
Por irónica y penosa que resulte.

Mi destino

Moriré lento,
Viviré rápido,
Saltaré al vacío,
Violaré la regla.
El placer será mío
Hasta que se mantenga.

Aprovecharé al máximo,
Soñaré mucho,
Gozaré todo
Y en lo inestable,
Buscaré el modo
De volverlo inacabable.

Viajaré perpetuamente,
Treparé el cielo
Asiéndome febril
De estrella en estrella
Hasta su cubil
Hallarlo por la huella.

O descenderé como luz
Penetrando el misterio,
Irracional hurgaré
En el páramo del atino
Y no desistiré
Hasta encontrar mi destino.

Negación

Yo tenía miedo,
Pánico a intentar
Atravesar la niebla,
Temiendo qué pudiera encontrar.

Un sentimiento venenoso
Que encerraba hasta la locura
Era mi gran temor, el más morboso,
El que me perseguía sin cura.

Parecía peor que el odio.
Más confuso, difuso en su totalidad.
Pues el odio se fija en alguien
Y no marea buscando casualidad.

Era cual extraño espejismo
Que cambiaba de forma y sentido.
Superficie y esencia no eran lo mismo,
Volviéndose mi más prolijo martirio.

Un vicio embellecido que engaña,
Farsa bien montada que busca atrapar.
Intuir que pudiera cerrarse la trampa
Me ayudaba al peligro evitar.

Pero un día caí en sus redes.
No tuve opción, fue instantáneo.
El amor me abrazó con amor
Y entendí que no era un engaño.

Niños

Son claros rayos de luz
Entre tanta oscuridad;
En el fuego el arcaduz
Es su generosidad.

Su insistencia admirable,
Su amor incondicional,
Su candor incomparable,
Su perdón sincero y leal.

Limpias manos, tanta suavidad;
Pura su mente, su intención;
Su espíritu lleno de humildad
Cobija un tierno corazón.

No hay nada más bello,
Florecer de mil primaveras,
El amor de Dios por ellos,
Pues no halla barreras.

Los niños poseen divina maestría;
La presencia de Dios recién dejaron.
Aprendamos de toda su sabiduría,
Pues su inocencia aún no olvidaron.

¿Quién ha visto un niño sin hermosura?
¿Alguien conoce uno que no resplandezca?
Quien lo haya visto sepa que su premura
Lo hace culpable de todo cuanto padezca.

De los hombres es el lamento
Del alma, y de la conciencia emana,
Mas que un niño sufra un tormento
Proviene de la injusticia humana.

Ellos despiertan nuestro cariño,
Esa perfección que nadie alcanza.
Aquel que no le agradan los niños
Es un envidioso de su bonanza.

Los hombres lloran de contentos
Sin que su dicha llegue a ser plena,
Pues les sorprende el sentimiento;
Lágrimas que alivian otras penas.

Los niños son alegría,
Es cabal su felicidad.
Consiguen su utopía
Con sencilla facilidad.

Tomemos de su modelo
Para hacer de toda dificultad
Un agradable y divertido juego,
Pero juguemos con seriedad.

Reflejan tus travesuras
La conquista del futuro.
Las pruebas serán duras,
Pero el éxito es seguro.

Quisiera mi niño que siempre hubiera
Una sonrisa adornando tu semblante.
No llores ahora, ojalá nunca sufrieras,
Ya llegará la ocasión más adelante.

Noble y loable su bondad;
Su gracia perfecta, sagrada.
Fundamento de mi integridad;
Origen de adoración dedicada.

Eruditas son sus deducciones;
Infinita y mágica su imaginación.
Apacible fuente de mis emociones,
Eres mi más grande inspiración.

Entre las tinieblas de mi vida
He visto el brillo de tu mirada,
Dándome la cura a toda herida
Y reposo a mi alma cansada.

Te agradezco tu inmensa paciencia,
Mi aprendizaje de padre perdona.
Enséñame el secreto de tanta inocencia;
Hazme de tu amor puro una corona.

Nostalgia

Noches de terrible amargura,
Días de interminable suplicio,
Cada hora inmersa en locura
Al verme privado de mi vicio.

Envenenado de delirio y pesadillas
Se retuerce mi alma en vejación,
Hasta caer vencido de rodillas
En la más desesperada oración.

El tiempo me enfrenta implacable
Y sin tregua al límite me desafía;
Lenta su garra abominable
Me roba hasta la última alegría.

Se me ha privado del agua misma tan vital,
Si es una prueba a mi resistencia para sobrevivir
Que no se convierta en un obstáculo fatal,
Pues ¿cuánto podría estar sin aire antes de morir?

En la oscuridad de la noche vigilo
Que llegue desde lejos tu fragancia,
Transportándose con íntimo sigilo
A través de la inmensa distancia.

El frío que mi piel muerde salvaje
No puede quitarme tu intenso calor,
Tal como en mis evocaciones tu imagen
No hace más que causarme dolor.

La soledad me abraza con infame crueldad
Ciñendo mi espíritu hasta hacerlo estremecer
Y anuda mi garganta una sombría ansiedad
En compañía del único fin que anhelo poseer.

Atravesando tal titánica experiencia,
El silencio duele más que la más profunda herida;
No hay nada más triste que tu ausencia...
Tu recuerdo es como la muerte buscando mi vida.

No me sacrifiques

¿Cuál es la ración de amor
Que necesita mi corazón
Para nutrir su pasión
Y mitigar el dolor?

¡Tú, que eres mi necesidad!
Esta falta inaudita,
La que me debilita
O me llena de vitalidad.

Nace de la viva entraña
La poesía excelsa y pura,
Como el agua de la roca dura
Para limpiarme de tu saña.

El manantial es mi corazón
La vertiente límpida y sonora,
Que hace fluir el légamo de otrora
Para retornarme la emoción.

¿Cuál es la dosis de purificación,
Una milagrosa sutura
Que simbolice la cura
De esta alma enferma de asolación?

Y si me provocas la muerte
No entenderás que tras el ocaso
Se encuentra a solo un paso
El más grande sol naciente.

Y si me quitas el sueño
No sabrás de algunas frases macabras.
Que el hombre corre tras sus palabras
Y de su silencio es dueño.

Las personas son víctimas de los resultados
Que da la esclavitud de los errores;
Que no te aborden rencores y temores
Cuando la dolorida venganza háyase consumado.

No se puede

Podré marcharme muy, muy lejos
En un intento por olvidarte,
Mas ni aun yéndome al fin del universo
Podré dejar de amarte.

La distancia parecerá mitigar
El ansia que no pierde el corazón.
Asimismo, no hará más que aderezar
El sabor que dejase la pasión.

Y el tiempo disipador de fuegos
Dejará cenizas en su lugar
Que volarán con el viento
Para volverse a unificar.

Podré esperar hasta la muerte
A que este amor ya no exista,
Mas ni aun pasada una eternidad
Creo que ya a mi puerta no insista.

Nuestro horizonte

Miremos nuestros horizontes
Sin preocuparnos más que por el presente
¿Qué importa el pasado o el futuro
Si nuestro amor es para siempre?

¿Por qué lamentarnos una y otra vez
Por dolores, tristezas o adversidades?
O acaso es que estamos tan ciegos de reproches
Que no vemos la lluvia de oportunidades.

¿Hacemos bien en maldecir aquella piedra
Que sirviéndonos de tropiezo nos alerta
Del inmenso abismo que a los lados se extiende
Donde no está nuestra salvadora puerta?

¿Tal vez sea demasiado tortuoso el camino
Que no valga la pena llegar hasta el final?
Quizá seamos nosotros los que no merezcamos
Alcanzar esa meta de una gloria celestial.

¿Es que olvidamos con tanta facilidad
El galardón de haber superado esa prueba?
¿Tan hundidos estamos en desesperanza que con sol
no podamos evitar que para nosotros llueva?

¿Por qué detenerse a beber de un pozo de barro
cuando nuestro objetivo es un mar de elixir?
¿Por qué arrastrarse al vil influjo de la necesidad
para quedarse desvanecido por el camino a morir?

¿Por qué ceder ante la tentación de descansar
   Y correr el riesgo de ya no poder seguir?
¿Cuál es la razón de aventurarse a otra senda
   Y exponerse a perderse del triunfo de vivir?

Nuestro presente

Recuerda que no somos el centro del universo
Sino que tú eres el centro de mi universo,
En torno al cual se halla mi órbita perpetua.
No centres tu atención en el pasado
Porque el pasado está en blanco y negro.
No obstante, el presente es a todo color
Ni tampoco te vayas demasiado al futuro,
Pues este es insípido, frío, casi transparente,
Pero el presente es macizo, caliente y real
Y tanto en el pasado como en el futuro
No te puedo sentir, ni tocar, ni saborear.
Mas en el presente tengo tu calor y tu perfume.
Mi amor en el pasado es anticuado y viejo,
Tiene olor a ardido, sabor a rancio
Y el futuro sabe a aleatoria incertidumbre
Con un dejo a enlatado y plástico.
Sin embargo, el presente es sabroso
Como una fruta en su sazón.
En el pasado es el recuerdo traidor,
En el futuro es la imaginación demasiado generalizada.
Ahora el presente muestra cada detalle,
Siendo la prueba fidedigna de lo que estamos viviendo.
¿Hay algo más hermoso que el presente?
Sí...
Vivirlo a tu lado,
Contigo mi amor.

Otro

Si yo pudiera empezar de nuevo
Elegiría mejor el camino a seguir.
Tantas necedades de las que huir,
Enfermo bajo la cura de un placebo.

Siempre hay una encrucijada
Que ante nosotros se despliega,
Pero es una la opción verdadera
Aunque difiera nuestra mirada.

Mi alma gemía en la injuria
Que la carne le ocasionaba;
Hiriéndome a mí mismo vagaba,
Pregonando una razón espuria.

Sin concentrarme en lo que importa
Me dejé llevar por las ilusiones,
Habitando frágiles mansiones
Que ninguna adversidad soportan.

Endurecí mi corazón tornándolo de piedra,
Inválido por mis rodillas rígidas de orgullo.
En brazos de la muerte, cantaba su arrullo,
Oprimiéndome como a la planta la hiedra.

Si yo pudiera haber hecho las cosas diferentes:
Otro equipaje hubiera elegido llevar,
El egoísmo estaría seguro de dejar,
Cargando desde el inicio el amor en mi mente.

Papá

Conozco a alguien que es grande, un verdadero gigante,
Es más grande que mi casa, que el mundo entero,
Indispensable en mi vida, solo Dios es más importante,
Lo quiero más de lo que a mí mismo me quiero.

Él no sabe que en todo lo imito
Porque él es maduro, responsable y discreto,
Les digo yo que lo conozco desde chiquito,
Pues siempre fui su admirador secreto.

Cuando niño él era mi ejemplo perfecto,
Ya de grande pasó a ser mi inspiración,
Para que a cada paso buscara el camino recto
Y llegara a ser motivo de admiración.

Hemos compartido hermosos momentos juntos;
Con palabras llegamos a construirnos mutuamente;
Realmente nos entendemos en nuestros asuntos;
Pareciera que hubiera heredado algo de su mente.

Con orgullo digo que nos parecemos mucho,
Es como si lleváramos la misma sangre;
Cuando él me da un consejo yo escucho
Pues fue él quien no permitió que pasara hambre.

¿Acaso yo no le debo la misma vida?
Yo le debo todo pues él me ayudó a crecer,
Él fue quien me levantó tras cada caída,
Obstáculos del camino con su ayuda pude vencer.

¿Cuántas cosas he hecho sin tomarlo como referencia?
Está claro que fueron aquellas en que fallé,
Es que su ejemplo siempre hizo la gran diferencia,
En todo momento fue el mejor apoyo que hallé.

Yo lo vi sufriendo cada golpe en la justa diaria,
Cargando a mis hermanos contra viento y marea
Y aunque fue abatido por la realidad sanguinaria
Jamás nos abandonó para huir de alguna pelea.

Él luchó por mí y mi familia cada segundo;
Qué más podría decir sobre este héroe sombrío:
Fue el responsable de que pudiera venir al mundo;
Ese hombre tan importante eres tú padre mío.

Siempre tengo bien presentes todas sus enseñanzas,
Acompáñame en la alegría y en la tristeza sufre conmigo
Y al motivarme, me impulsa y alimenta mis esperanzas,
Yo diría que más que un padre él es mi mejor amigo.

Yo lo veré envejecer hasta que lo lleve la muerte;
Será mi deber buscar la forma de suavizar su viaje,
Así como él me ayudó a conocer y a ser fuerte
Y en ese último momento nos armaremos de coraje.

Para enfrentar la más dura y larga despedida
Que padre e hijo pudieran soportar;
Mirando al pasado es cuando más duele la unión perdida
A sabiendas de volver a vernos, no podremos evitar llorar.

Aunque la lucha sea sufrida, lo sabemos por experiencia,
Cada vez que nos veamos nos llenaremos de emoción;
No importa si es en esta vida o en la otra existencia,
Dondequiera que vayas padre te llevaré en el corazón.

Puedes creerme

Puedes creerme que te amo
Porque mi corazón palpita
Cuando mis ojos reposan
Sobre tu figura exquisita.

Pero se vuelve más desesperante
Cuando en mi mente entran
Los deseos de verte y mis ojos
Te buscan y no te encuentran.

Puedes estar segura de mi amor
Porque suspiro cuando sonríes,
Aunque muchas veces no lo sientas
O de su sinceridad no te fíes.

Mas, cada vez que solo en mi memoria
Conservo tus caricias y te doy las mías,
Mi vida va perdiendo todo sentido
Mientras mis noches se tornan tan frías.

Puedes confiar en mis confesiones
Pues tiemblan y sufren mis manos
Cuando no te tienen para tocarte
Y todos mis esfuerzos son vanos.

Pero es más terrible todavía
Cuando mis labios cuarteados
No consiguen la humedad
De tus tiernos labios rozados.

Puedes creerme que te amo
Porque mi pecho enciende
Este sentimiento maravilloso
Al cual solo Dios entiende.

Recuerda

Si alguna vez al pasar
En aquella primera ocasión,
Parecía perder la oportunidad
Sin una posible solución,

Ante tu tajante displicencia
Yo creía perder la misma vida,
Cuando me cortabas en seco
Con aquella primera despedida.

Pero algo me hizo retornar
A por un nuevo y más certero intento;
Yo sentía muy dentro de mí
Que en adelante serías mi sustento.

Éramos diferentes en aquel entonces:
Tú eras fría, inquietante, mi locura;
Yo era como un veterano de guerra,
De corazón oculto en una armadura.

Te encontré refugiada en el silencio:
Hermosa, inflexible, herida criatura,
Y yo a la caza de la belleza
Desde mi coraza creí darte captura.

No obstante, sumergido en mi ingenuidad,
Más que capturar, era yo el capturado,
Pues no te quepa la menor duda
Que, ya en tus brazos, me vi apresado.

Hoy soy cautivo de tus ojos,
Soy rehén de tus caprichos,
Y aunque parezcan demasiados elogios
Son exiguos los aquí dichos.

Porque no me bastaría con solo un poema,
Ni siquiera un libro entero sería suficiente,
Para abarcar todo el inmenso amor
Que este loco botarate por ti siente.

A veces la brisa me susurra al oído
Lo que ha vuéltose mi pulso y mi aliento,
Revelándome que no importa la distancia
Pues tú eres mi auténtico complemento.

No importa si a las palabras
Se las lleva consigo el viento,
No importa mientras exista
De por medio un sentimiento.

Nunca olvides, vida de mi alma,
Nuestras mutuas promesas de verano,
Sino ten siempre bien presente
Toda el ansia con que te amo.

Recuerda las ofrendas que nos hicimos
Bajo un firmamento de astros cercanos;
Recuerda que tú me entregaste tu corazón
Así como yo puse el mío entre tus manos.

Rencuentro

Beberé de tus labios mojados,
Quedándome dormido en tus caderas,
Como si tus curvas fueran laderas
Por las que bajan mis dedos apresurados.

Besaré tus ojos cerrados
Para sellarlos en un sueño profundo,
Como teniendo en mis manos un mundo
De fantasías y deseos realizados.

Y allí estarás a mi disposición
Cual manjar presto a ser comido.
Rival a mi merced tras ser vencido,
Para que desate toda mi pasión.

Refugio eterno

En el susurro del viento encontré tu voz,
Un eco dulce que el corazón suspira,
Dibujando en el cielo mil colores,
Pintando estrellas en la noche fría.

Tus ojos, luceros en la oscuridad,
Guían mis pasos con luz serena,
Y en el abrazo de tus brazos hallé,
El refugio eterno que mi alma anhela.

Tus labios, pétalos de una rosa,
Despiertan en mí caricias y besos,
Y en cada palabra que pronuncias,
Siento la melodía de mil versos.

Eres el suspiro en mis mañanas,
El sol que mi sendero ilumina,
En cada rincón de mi alma,
Tu amor, mi vida destina.

Así, en la eternidad de un instante,
Te prometo un amor sin final,
Porque en ti encontré el universo,
Mi razón, mi amor inmortal.

Serenidad

Atravesando áridos desiertos
Tú eres ese paradisíaco refugio
Donde me detengo por cobijo
Cuando mis caminos son inciertos.

Envuelto en redes terribles
Que embotan mis sentidos
-Alma e instinto abolidos-,
Recurro a tus brazos apacibles.

Nubes grises, amenazantes
Entristecen mi existencia,
Mas al límite de la resistencia
Busco tus besos tonificantes.

Por brutales tempestades agitado
Busco entre el desconcierto
La seguridad de ese puerto
Que solo tú me has brindado.

Evito el hedor de la maldad
Gustando el perfume de tu piel
Y robo de tu boca esa miel
Que me sustenta en mi debilidad.

En esos inviernos sufro los crudos días
En mi huida al jardín de tus brazos,
Persiguiendo en la nieve tus pasos
Para calentar en tu cuerpo mis manos frías.

Lágrimas que mis ojos enceguecen,
Cual las lluvias el paisaje empañan,
La suavidad de tus manos bañan
Y ellas en tiernas caricias florecen.

Vencido por un mundo violento
Cuando me siento morir
Escucho tu corazón latir
Y respiro de tu cálido aliento.

Contemplo mi imagen devastada
En la honda belleza de tus ojos,
Mientras recoges mis despojos
Y me salvas cual heroína alada.

En medio de la intensa marea
Tú eres ese quieto remanso
Donde puedo dar descanso
A mi espíritu de su feroz pelea.

Sería diferente

Si mis valores fueran tus valores,
Si tu nobleza fuera mi nobleza,
Apreciaría el mundo como tú lo concibes
Y tu cielo sería también mi cielo y no mi infierno.

¿Por qué mi necedad?
¿Y por qué tu mesura?

Enséñame a ver
O desata mis vendas
O regálame luz
O llévame de tu mano.

Comprende que tú acaricias el paraíso
Y yo rasguño perpetuamente el infierno.

¿Y por qué no fortaleza en mí
y debilidad en ti?
¿Acaso es que tú eres mi bastión
y yo tu prueba?

No subas a volar sin mí,
Pero tampoco caigas conmigo,
Tan solo elévame contigo.

Te prometo

Hoy te lo prometo
Y no mañana,
Hoy que en mí aprieto
Esta intención malsana.

Hoy yo te prometo
Dejaré que libre descanse
Tu corazón en este momento
Y la deidad alcance.

Hoy yo te estoy prometiendo
Que tu alma logrará distenderse,
Aquí juro diciendo
Que el dolor no podrá entrometerse.

Hoy, ahora mismo te prometo
Que disfrutarás con tu libertad,
Pues mira cómo tus cadenas avento
Y accedo a tu voluntad.

Hoy te doy mi promesa
De que tus apresadas alas podrán
Desembarazarte de mi torpeza,
Y en huidizo movimiento volarán.

Hoy con certeza te prometo
Que ya no estarás más apresada,
Pues mira esto que en mi mano aprieto
Esto te dejará liberada.

Hoy y no otro día
Te juro con solemnidad
Que será nuestra despedida
Y el principio de tu añorada soledad.

Hoy y solamente hoy
Te pido que muy, muy fuerte
Me des tu cortesanía ya que me voy.
De acuerdo agasajo la muerte.

Hoy te lo prometo,
Hoy que nuestra vida fatigo,
Que pronto estaré muerto
Pero también que vendrás conmigo.

Un triunfo seguro

El amor me sostuvo por las narices
Mientras Dios comenzaba a ser mi estandarte.
Cómo no conseguir ser por entero felices
Si hemos hecho del amor todo un arte.

¿Podríamos no triunfar juntos
Cuando doblamos nuestra rodilla
Para esclarecer todos los asuntos
Que nos hacían arder las mejillas?

¿De qué manera no habríamos de florecer
Bañándonos de luz en un ambiente de pureza?
No me puedes faltar ni tú me puedes perder,
Sellados por este amor de tan grande fortaleza.

¿Acaso importan los tesoros o la pobreza
Si permanecemos juntos por siempre?
¿Aflige el frío o el calor mientras la tibieza
De nuestros cuerpos todo lo temple?

Qué importan tempestades o sequía
Ni influyen cielo sombrío o con fulgor,
Si abrazados gozamos en alegría
De la apacible serenidad del amor.

Volando juntos

El sueño aquel que tuviste una álgida noche,
La primera fantasía de niño, la más hermosa.
La viviste, disfrutándola por completo y sin derroche
Ahora, marcada a fuego, la llevas dentro tan ardorosa.

Fuiste consciente de tu existencia alguna vez,
Y desde ese momento supiste que querías volar,
Pero naciste para ello y ahora todos saben que tú y yo
Tenemos en el alma alas a las que ansiamos desplegar.

¿Recuerdas cuántas veces al pájaro admiramos?
Pero cuántas veces también le envidiamos
Cantar melodiosos como él nuestras hazañas
Y dominar excelsos como sus alas los vientos.

En su momento estuvimos al pie de la montaña,
Escalando a brazo partido, luchando codo con codo,
Pero el destino quiso frustrar toda nuestra campaña
Y cerca del fin supimos que caería uno de algún modo.

Yo estuve ahí, junto a ti y otros pájaros,
Tan cerca de hacer realidad mis caros sueños,
Mas esta vida tan llena de misterios y sorpresas
Quiso dejarme atrás, recorriendo a pie los terrenos.

Pero a ti te pido, en donde encuentro un hermano,
Que eleves mi más vehemente deseo al cielo;
A los aires avientes mi espíritu de pájaro lozano
Llevando en tus venas mi sangre, en el vuelo mi ánimo.

Regocíjate amigo allá muy arriba, por ti y por mí,
Tú que puedes, logrado el despegue rumbo a tu sueño.
Y cobra vitalidad del ánimo en mi penoso fracaso
Y de mi deseo trunco, aférrate a de los cielos ser dueño.

Te encomiendo que realices mi más íntimo anhelo,
Logrando por tu cuenta controlar ese bruñido aparato,
Alzándote por sobre todo, con el mundo entero abajo.
Dejando atrás la monótona vida carga mi espíritu beato.

Es tu deber para conmigo el llegar a volar,
Lograr expandirte a ese espacio inmensurable en sazón,
Alcanzar el cielo mismo con tus propias manos,
Empero llevarme contigo sobre las alas de tu corazón.

Tal cual saeta estuosa vuela como Borges,
Por sus inacabables caminos de la bella poesía,
Pero deja poco espacio a la imaginación
Solo poséelo todo como en aquella incipiente fantasía.

Orgulloso de verte surcar el infinito azul,
Siempre acompañándote presente en tu memoria,
Ya que notaré algún día que ascenderás y en las alturas
Columbraré diáfanamente una escena nada ilusoria.

Súbitamente quedarás suspendido en el límpido aire
Y, desprendiéndote de tu herramienta de trabajo,
En el vacío te brotarán esas deificadas plumas
Y, refulgente de sol, te veré convertir en pájaro.

Volar

Para algunos volar lo es todo,
Para otros volar es tan solo eso:
Someter al aire de tal modo
Que vayamos por él expresos,

Dominándolo como caballeros del cielo,
Como ángeles que bajaron a hacer uso
De aquellas alas de blanco terciopelo
Que Dios en sus espaldas les puso.

Disfrutando de las alturas,
Del placer de surcar el espacio,
De que nos vean hacer mil figuras
Con el pelo del sol tan rubio y lacio.

Yo ya estuve entre los aposentos
Que los santos tienen allá en lo alto;
Ya pude sentir la caricia de los vientos
Y esquivar el rayo de un salto.

Y te digo que no lo es todo volar,
Porque sé de esa hazaña tan atrevida
Y te doy por seguro que el acto de amar
Es lo más sublime en esta vida.

Volver a tomar sus manos

Cuando mi rodilla se haya hincado en el suelo
Para elevar la última plegaria que haga mi boca,
Tal vez sea la más humilde, tal vez se aparte el velo
Y contemple al que fue en la prueba mi consuelo y mi roca.

Cuando me halle vencido por los embates de la muerte,
Desgastado por el inexorable paso del tiempo,
Cuando ya no haya vitalidad en mi cuerpo inerte
Entonces sabré que la eternidad se haya a un momento.

Cuando mire hacia delante y solo pueda ver el final,
Voltearé la vista para descubrir huellas inmaculadas.
Tendré la certeza de que el próximo paso será especial
Pues me inclinaré ante Dios en sus propias moradas.

Siempre lucharé por ser digno de las bendiciones de Dios.
Desearé e intentaré ser como un niño, limpio y sano.
Elevaré mis súplicas para recibir fuerzas y la forma
De llegar hasta mi Dios para volver a tomar Su mano.

Ya nada queda

Si un ángel abre sus alas dormidas
Y en un grácil aleteo las desenvuelve
Para desplazarse del amparo divino
Al mundanal orbe.

Es porque sabe de la tragedia
Que la muerte ha cometido.
Destructora impávida y cruel,
De la vida el peor enemigo.

Si desciende una blanca y ardorosa estrella
De su cubil celestial,
No es por agradarle la desolación que impera
Ni su frío glacial,

Sino por rescatar su deífica lozanía
De las fauces voraces del estrago,
Que se ciernen inclementes sobre ella
Como sobre la presa el león taimado.

En las tinieblas seglares del mundo
Una de las últimas luces se ha extinguido.
¿Qué quedará de la miseria terrenal
Cuando cada esperanza haya perecido?

EPÍLOGO

Al llegar al final de este libro, te pido que te detengas a reflexionar sobre el viaje poético que hemos compartido. Cada poema es un testimonio de las emociones, pensamientos y experiencias que forman el tejido de nuestra existencia. En estas páginas, he intentado capturar la esencia de momentos fugaces y profundos, ofreciendo una ventana a mi mundo interior con la esperanza de que el resultado sea de tu agrado.

Nos encontramos en una época tumultuosa, en la que pareciera no alcanzar el tiempo para tomarnos un momento de meditación. Estamos siendo continuamente bombardeados por información, la mayoría de las veces, de carácter trágica y desalentadora. Por lo tanto, conseguir un momento de molicie a través de la poesía puede convertirse en una experiencia por demás placentera y relajante. Te invito a probar desconectarte de este mundo trágico y sumergirte en un mundo apacible en el que nadie puede hacerte daño.

La poesía tiene una capacidad única para trascender el tiempo y el espacio, conectando almas a través de las palabras. Es un lenguaje universal que nos une en nuestra humanidad compartida. A través de cada verso, hemos explorado juntos las alturas de la alegría y las profundidades de la tristeza, los susurros del amor y los ecos de la decepción, la serenidad de la naturaleza y la turbulencia del alma.

Aunque este libro llega a su fin, la poesía continúa. Las palabras siguen fluyendo, las emociones siguen inspirando, y la vida con sus contrastes sigue ofreciendo su rico tapiz de experiencias. Te ofrezco llevar contigo la esencia de estos poemas, a encontrar la poesía en tu día a día y a seguir explorando el insondable mundo de las palabras y las emociones.

Gracias por abrir tu corazón y tu alma a este libro. Que la poesía siga siendo una luz en tu camino, una fuente de alegría, un motor que impulse cada acción cotidiana, una brújula que te oriente en cada decisión que debas tomar.

La travesía de escribir y compartir poesía no termina con la última página de este libro. Al contrario, es solo un punto de partida para nuevas exploraciones, para seguir descubriendo las maravillas de la vida a través de la lente poética. Cada experiencia, cada encuentro, cada sentimiento tiene el potencial de convertirse en un poema, en una expresión artística que ilumina nuestras almas y nos conecta con los demás.

Este libro es un testimonio de la capacidad humana para sentir profundamente y expresarse a través de las palabras. Es un recordatorio de que, aunque el mundo puede ser caótico y desafiante, siempre hay belleza y significado por descubrir. La poesía nos enseña a mirar más allá de la superficie, a encontrar lo extraordinario en lo ordinario y a apreciar la riqueza de nuestras emociones en medio de un desierto de perplejidades.

Espero que este libro haya despertado en ti una nueva apreciación por la poesía, una motivación para explorar tus propios pensamientos y sentimientos a través del arte. Que encuentres en tus propias palabras la misma libertad y consuelo que yo he encontrado en las mías. La poesía es un refugio, una fuente de fuerza y un medio para conectarse con uno mismo y con los demás, no lo olvides.

A medida que cierras este libro, te animo a mantener viva la llama de la creatividad y la introspección, aunque todo parezca desmoronarse a nuestro alrededor. Sigue escribiendo, sigue leyendo, sigue explorando; todo esto te mantendrá enfocado o enfocada entre tanta confusión. Permítete sentir y expresar, sin temor ni reservas, dado que tendemos a enfriarnos y a cerrarnos en nosotros mismos. La poesía es un viaje interminable, y cada paso nos lleva a nuevas profundidades de comprensión y conexión, tenlo siempre presente.

Gracias, una vez más, por ser parte de este viaje. Tu presencia como lector da vida a estas palabras, le brinda significado al acto de escribir y completa el círculo de la comunicación poética. Que la poesía siga siendo una constante en tu vida, un faro que te guíe y una fuente inagotable de alegría y sabiduría.

Un cálido abrazo,
Máximo Olivera Sum.

AGRADECIMIENTOS

Al culminar este libro, el cual he intentado que sea de verdadera poesía, aunque he tenido que armarme del valor para incluir antiguas composiciones que provienen desde mi juventud, me siento inmensamente agradecido con todas las personas que han sido parte de este viaje literario. Su apoyo, amor e inspiración han sido fundamentales para la creación de esta obra a lo largo de todo su proceso.

Primero, quiero agradecer a mi familia, cuyo amor incondicional y aliento inquebrantable han sido mi refugio y mi fuerza. Aquellos seres queridos cuya presencia constante ha sido un faro en los momentos de incertidumbre y flaqueza.

Comenzando por mi musa inspiradora, la que provee en mayor medida del material para la producción de cada una de mis obras. ¡Muchas gracias mi amor!

A mis padres, por enseñarme el valor de las palabras y la belleza de la expresión.

A mi hijo, por alegrar mis días y ser un apoyo constante.

A mis hijos postizos, por ser mis primeros lectores y mis críticos más audaces.

A mis amigos, quienes han compartido conmigo innumerables momentos de inspiración y creatividad. Su compañía y sus conversaciones han sido una fuente constante de motivación y lucidez.

Un agradecimiento especial a Adrián, cuyo conocimiento y orientación han sido esenciales en la realización de este libro. Su paciencia, su ojo crítico y su sabiduría han mejorado cada verso y han elevado mi poesía a nuevas cotas.

Quiero agradecer a todos aquellos que me han inspirado y apoyado en este periplo poético. Me debo a ellos.

Y para finalizar, a Aquel que me ha mostrado los caminos escondidos de los sentidos, pero que surcan los terrenos más vastos y pletóricos de emociones. ¡Gracias!

ÍNDICE

Otros títulos del autor:

Esteban, el discípulo (novela) – Editorial Rumbo.
Amazon, Draft2Digital y Findaway Voices.
Momentos (cuentos cortos) – Amazon,
Draft2Digital y Findaway Voices.
Amaneceres (poesía) – Amazon y Draft2Digital.
Colonización de Marte (novela) – Amazon y
Draft2Digital.
La caramelera (cuentos cortos) – Amazon,
Draft2Digital y Findaway Voices.
Un matrimonio saludable – Amazon,
Draft2Digital y Findaway Voices.